LES GUÉRISONS DE LOURDES

SUR LE PASSAGE DU SAINT-SACREMENT

Par M. le Professeur Duret

Doyen de la Faculté libre de Médecine de Lille

Ex-Chirurgien des Hôpitaux de Paris, Associé de l'Académie de Médecine

Rapport lu au Congrès Eucharistique de Londres.

LILLE

Imprimerie H. Morel, rue Nationale, 77

1908

LES GUÉRISONS DE LOURDES

SUR LE PASSAGE DU SAINT-SACREMENT

Par M. le Professeur Duret

Doyen de la Faculté libre de Médecine de Lille

Ex-Chirurgien des Hôpitaux de Paris, Associé de l'Académie de Médecine

Rapport lu au Congrès Eucharistique de Londres.

LILLE

IMPRIMERIE H. MOREL, RUE NATIONALE, 77

1908

LES GUÉRISONS DE LOURDES

SUR LE PASSAGE DU SAINT-SACREMENT

Par M. le Professeur Duret

Doyen de la Faculté libre de Médecine de Lille

Ex-Chirurgien des Hôpitaux de Paris, Associé de l'Académie de Médecine

———

Éminences,

Messeigneurs,

Messieurs,

I

Le surnaturel à Lourdes. — Prêtres et médecins. — Statistiques globales des guérisons.

Il peut paraître étrange qu'un médecin, en présence d'une auguste assemblée, qui compte dans son sein des Éminences, des Prélats haut placés dans la hiérarchie de l'Église, soit appelé à parler de guérisons merveilleuses, de faits miraculeux.

Le médecin est le *ministre de la nature ;* le prêtre, le *ministre de Dieu.*

La médecine connaît surtout des maladies et de leurs remèdes.

---

(1) Rapport lu au Congrès Eucharistique de Londres (Ce travail n'a aucune prétention doctrinale ; il n'est que la consciencieuse étude clinique d'un médecin chrétien).

La Théologie, si elle ne dédaigne ni l'observation, ni l'expérimentation, ni le raisonnement, ni l'exégèse, est par-dessus tout une *Science Sacrée*, obéissant à des lois et des révélations faites par Dieu lui-même ; et, *c'est à elle seule*, qu'il appartient, en définitive, de préciser et d'affirmer les faits et gestes de la Divinité, en ce monde.

Mais Lourdes est la plus grande, la plus nombreuse, la plus intéressante, et la plus merveilleuse des Cliniques de l'Univers ; et, d'autre part, apparaissent, dans cette région bénie du Ciel, des manifestations du surnaturel, qui en ces temps troublés, viennent fort à propos raviver la foi dans les âmes.

Ce ne sont cependant pas des faits merveilleux qui apparaissent dans les astres.

L'homme seul en est l'objet. — Comme aux temps du Christ et des Apôtres de la primitive Église, (on dirait pour elle une nouvelle naissance), il s'agit de guérisons miraculeuses de malades, d'infirmes, de paralytiques, d'aveugles, de sourds, de boiteux, d'épuisés, de mourants, dont les pitoyables cohortes fluent de toutes les directions.

Il s'agit de cas pathologiques.

Et voilà le médecin, le thérapeute, souvent incrédule par profession, interprète par état de la nature, mis face à face avec le surnaturel, interviévé par Dieu lui-même.

Ainsi, d'un côté, faits matériels, visibles et tangibles, d'un caractère surprenant, inattendu, parfois inexplicables ; et de l'autre, leur *agent producteur est du domaine* supra-sensible.

Il est donc souverainement rationnel et inéluctable, que, ministres de Dieu et ministres de la nature, coopèrent pour l'explication des phénomènes.

Le concours des faits et des circonstances, l'attraction naturelle et divine, qui amènent les individus et les foules à

Lourdes, prouvent qu'il en est bien ainsi *dans la réalité.*

D'après les statistiques du beau livre de M. le chanoine Bertrin, professeur à l'Institut catholique de Paris, il est venu à Lourdes, de 1890 à 1907, en dix-huit années, 3.673 *médecins,* dont 697 étrangers, — et, d'autre part, de 1868 à 1907, 1.839 *prélats,* dont 858 étrangers à la France, ont offert, sur les lieux de l'apparition, leurs hommages à la Vierge Immaculée, sans compter les cohortes innombrables des prêtres de la Sainte Église romaine.

Le rôle et l'action des médecins ont été considérables, quoique s'étant exercée bien souvent d'une manière imprévue, inattendue, non sans résistance de la part de beaucoup, et malgré les attaques véhémentes de plusieurs.

Les premiers confrères courageux, qui osèrent regarder les faits face à face, en essayant d'en rendre compte, furent les Drs Dozous, Balenzie, et Vergez, professeur agrégé à la Faculté de Montpellier, qui, poursuivant ses recherches pendant vingt ans, prononça ces décisives paroles : « *Il y a certainement* (dans les faits de Lourdes), *une force contingente, supérieure à celles qui ont été départies à la nature…, j'ai vu, j'ai touché l'œuvre divine, le miracle.* »

Puis vint le Dr de Saint-Maclou, d'origine normande, élève distingué de la Faculté de Louvain, qui inaugura la série des médecins résidants, et fonda la *Clinique.*

C'est là que, depuis 17 ans, le vaillant et infatigable Dr Boissarie, ancien Interne des hôpitaux de Paris, est l'historiographe, l'interprète sincère, dévoué et perspicace des étonnantes guérisons, qui surviennent pendant les pèlerinages. Durant six mois de l'année, il examine, en des séances de plusieurs heures chaque jour, tous les malades qui se présentent ; et, assisté de son excellent collaborateur, le Dr Cox, rédige les procès-verbaux, qui, parfois s'élèvent à deux cents, en une seule année.

Là, tous les médecins, sur la production de leurs cartes, *quelles que soient leur nationalité et leur religion*, sont admis à contrôler les faits : les médecins belges, anglais, et américains, viennent en très grand nombre. — Pendant le Pèlerinage national, quelquefois trente, soixante médecins sont présents à la fois, et suivent les enquêtes avec le plus grand intérêt. « Nous avons eu, dans ces cinq ou six dernières années, dit le Dr Boissarie, trente professeurs de Facultés, trente professeurs d'Écoles de médecine, quinze médecins des hôpitaux de Paris, vingt membres de l'Académie de Médecine, dix médecins des Universités de Londres, quinze professeurs des Facultés étrangères, etc.).

Les malades apportent, chaque année, deux ou trois mille certificats, ce qui fait, pour ces dix années écoulées, 25 à 30.000 certificats, qui doivent mettre en cause douze à quinze mille médecins différents : le Corps médical, tout entier, semble donc engagé dans la question.

Vous citerai-je encore, pour marquer la part contributive du Corps médical à la glorification de la Vierge de Lourdes, les deux remarquables ouvrages du docteur Boissarie, *Les grandes guérisons* et *L'Œuvre de Lourdes;* le livre si attachant et si justement répandu du professeur chanoine Bertrin, où les faits miraculeux et les documents sont mis, avec art, à la portée de tous *(Histoire critique des événements de Lourdes; apparitions et guérisons. Ed. 1908);* et enfin, l'opuscule du docteur Lavrand, professeur à la Faculté Catholique de Lille, sur la *Suggestion et les guérisons de Lourdes,* où l'impuissance de cet agent thérapeutique est démontrée, en même temps que l'*existence de forces præternaturelles* est clairement établie ?

Vous parlerai-je aussi de l'admirable organisation du pèlerinage et des *trains belges* par leurs médecins; du pèlerinage des médecins catholiques à Rome, au nombre de 400,

accompagnés de 200 miraculés de Lourdes ; de l'instauration
sur la porte du Bureau des Constatations de la statue de
Saint Luc, le patron des médecins catholiques ; de la création
de deux bourses d'internes, par le regretté fondateur de la
Faculté catholique de médecine, à Lille, le docteur C. Feron-
Vrau ; et enfin, du *magnifique Referendum* du professeur
Vincent, de Lyon, en réponse à l'attaque virulente d'un polé-
miste, voulant inciter les Pouvoirs publics à fermer Lourdes ;
referendum couvert en quelques mois, de trois mille signa-
tures de médecins français et étrangers, qui s'opposent
énergiquement à ce qu'on prive, chaque année, des *centaines
de malades,* des bienfaits et des guérisons de la Vierge Immaculée ? (1)

Celle-ci, d'ailleurs, reconnait et récompense le courage de
ses défenseurs. — Plusieurs, soit pour eux-mêmes, soit dans
leurs familles, ont été l'objet de ses célestes faveurs. — Le
Dʳ Aumaître, de Nantes, voit sa petite fille âgée de 21 mois,
guérie instantanément d'un pied-bot, que l'on avait opéré
sans résultat ; chez la fille de notre aimable confrère de
Lourdes, le Dʳ Cox, un énorme *abcès iliaque* disparaît
soudainement, sans laisser de traces ; un autre médecin vient
en action de grâces à Lourdes, avec sa jeune femme guérie d'un
affreux *mal de Pott.* — Un confrère belge, devenu phtisique
au dernier degré, par les fatigues intenses de soins incessants
donnés aux ouvriers des usines, crachant le sang et le pus,
miné par la fièvre, envahi de bacilles, dont il constatait
l'existence lui-même avec désespoir, après avoir vainement
cherché la guérison dans les stations du Midi, voit ces ter-
ribles accidents dont il n'ignore pas la gravité, disparaître
entièrement dans un pèlerinage à Lourdes ; de telle sorte
qu'il a repris sa pénible profession, sans que depuis dix

---

(1) Voir le compte-rendu du Dʳ Lemière, *in Journal des Sciences
Médicales* (1906-07).

ans soit survenue aucune rechute. (Voyez *Annales de Lourdes* 1905-06, p. 235). — Un autre médecin, à la vie désordonnée et au tempérament d'anarchiste, se convertit à Lourdes ; et, la lumière se fait si complète dans son esprit, qu'il entre chez les Révérends Pères Récollets.

Si la Sainte Vierge attire ainsi les médecins vers elle, en les rendant chaque jour témoins des prodiges opérés chez leurs malades, c'est qu'Elle veut en faire désormais les collaborateurs de son Auguste Fils, le *Divin Médecin*, afin que, proclamant sincèrement la Vérité, ils amènent vers Lui les foules repentantes, revenues dans les Voies du Ciel.

Elle s'efforce d'arracher leurs âmes aux funestes effets de l'incroyance et aux pentes avilissantes du matérialisme, pour les élever vers la doctrine sublime de Celui qui a dit en toute certitude : « Je suis la voie, la vérité et la vie ».

« La profession médicale, disait en 1876 au Congrès des Catholiques du Nord, le pieux et dévoué Dr Feron-Vrau, emploie toutes les facultés de l'homme : esprit, conscience, et âme. On est médecin par son âme toute entière ; et celle-ci ne peut acquérir les qualités élevées de philosophie, de charité, et de morale, qui lui sont nécessaires, que par la Religion ».

Et, il consacre sa vie, dispense ses biens, pour l'édification d'une Faculté de médecine et d'une Université Catholiques !

Après les médecins, voyons les flots pressés des **malades**, qui indépendamment et parfois malgré ceux-ci, entraînés uniquement par leur foi et leur confiance en la Vierge bienfaisante, accourent de toutes parts vers Lourdes.

D'après les chiffres relevés par M. le chanoine Bertrin, se voient à Lourdes, chaque année, environ 150 à 200 *pèlerinages organisés*, apportant par le chemin de fer 150 à 200.000 pèlerins, et le nombre des isolés est au moins aussi considérable. — Parmi cette foule, les trains déversent de 6 à 8.000

malades; au seul pèlerinage national, on en compte 2 à 3.000 (1).

D'après le Dr Boissarie, sur 1.000 malades, au grand pèlerinage, on compte environ 100 guérisons, soit une moyenne de 10 pour cent ; et, il ne s'agit que de *cas réputés graves, désespérés, souvent incurables,* c'est-à-dire exclusivement, de *maladies chroniques.*

Depuis les origines, c'est-à-dire dans une période de 50 années, on relève dans les *Annales de Lourdes,* ou sur le Registre du Bureau des Constatations, 3.803 guérisons inscrites : il faut doubler, si l'on veut atteindre la réalité ; car la moitié, à peu près, s'en retourne sans se présenter aux médecins ; parfois, les guérisons sont ensuite signalées dans les journaux religieux de leurs diocèses respectifs.

Il est maintenant important, de spécifier la *nature des maladies,* dont la guérison a été obtenue, presque toujours soudainement ; et, en tout cas, avec une rapidité qui surprend les croyants, et déconcerte les incrédules.

Sans vouloir tout citer, en parcourant les statistiques, on trouve :

Que la *tuberculose,* quel que soit son siège (os, articulations, viscères), a donné lieu à 747 guérisons, dont 329 de tuberculoses pulmonaires ;

On relève : 583 cas pour les maladies de l'*appareil digestif* (estomac, intestins et annexes) ;

96 cas pour l'*appareil circulatoire,* dont 55 pour le *cœur ;*

137 cas pour les maladies de la *moelle* ou du *cerveau ;*

320 cas pour les affections non-tuberculeuses des *os* et *articulations ;*

---

(1) Le Dr Boissarie nous écrit : « On donne de 70 à 80.000 bains de piscine par an. Les hôpitaux de Lourdes reçoivent 8.000 malades, et cette année le nombre sera doublé. Les malades isolés, non hospitalisés, sont plus nombreux encore ».

38 pour celles de la *peau* ;

111 pour les *tumeurs* ;

45 pour les *plaies* ;

25 pour les *cancers* ;

168 pour le *rhumatisme* ;

Et 481 pour les maladies générales et diverses.

Les maladies nerveuses proprement dites (hystérie, épilepsie, chorée, neurasthénie, troubles mentaux, etc...), que certains affirment, inconsidérément, être les seules qui guérissent à Lourdes, ne figurent que pour un total de 270, environ 7 %. (Statistiques du livre de M. Bertrin, 1908).

S'il était utile pour la gloire de la Sainte Vierge, et comme terme de comparaison, de faire l'*estimation globale* des nombreuses guérisons, qui se produisent à Lourdes, par sa puissante intercession : je me propose, cependant, de ne traiter devant la noble Assemblée et dans ce *Congrès eucharistique*, *que de celles qui surviennent en présence du* SAINT-SACREMENT.

Elles ont été particulièrement nombreuses dans ces quinze dernières années, et très surprenantes par leur soudaineté et la perfection des résultats. Leur proportion s'élève au tiers, et parfois à 50 pour cent de la totalité des guérisons obtenues, soit aux piscines, soit ailleurs.

Comme l'a écrit justement le Dr Boissarie : « La Vierge de Lourdes a voulu faire de son pèlerinage son œuvre préférée ; elle a jeté le surnaturel à pleines mains autour de nous ; mais elle a voulu surtout conduire les foules aux pieds de son Divin Fils, et son Divin Fils est devenu le *dispensateur direct* du miracle et de la guérison ». (1)

***

(1) *Les Grandes Guérisons de Lourdes*, p. 514.

Pour conserver, à un pareil sujet, toute *sa précision docu-mentaire*, j'éloignerai toute préoccupation, toute mise en scène littéraire ; je me contenterai du simple et clair langage scientifique, tel que le comportent la clinique et l'observation médicales.

Je ferai d'abord un exposé sommaire et intéressant de l'*historique des guérisons, obtenues devant le Saint-Sacrement ;* puis, dans chaque groupe d'affections patholo-giques, je caractériserai brièvement, mais en clinicien, les cas les plus remarquables et les plus édifiants ; puis, je chercherai, s'il est possible de les découvrir, chez les mira-culés, les *traces organiques* et les *preuves* du mode d'action de la puissance divine. — Après l'*examen des faits,* ce sera, en un mot, leur *interprétation.*

II

Historique des guérisons eucharistiques à Lourdes.

C'est en 1888 que, pour la première fois, on a songé à faire la statistique des *guérisons,* qui se produisent *sur le passage du Très-Saint-Sacrement,* à Lourdes.

Elles atteignirent, cette année-là, la proportion de 16 °/₀ ; environ, le 6°.

Depuis cette époque, la proportion n'a cessé de s'accroître : elle arrive au quart, au tiers, et même à la moitié dans les années 1896 et 1898.

En 1889, avait eu lieu la guérison bien remarquable d'une *aveugle,* incapable de distinguer le jour de la nuit, Mlle Marie-Louise Moreau. L'amie, qui la dirigeait, lui signale l'approche du Saint Sacrement. Aussitôt, elle se précipite à genoux en s'écriant : « Seigneur, faites que je voie ! » Une lueur éblouissante passe devant ses yeux ; elle ressent une douleur extrêmement aiguë ; et ses yeux s'ouvrent. Elle aperçoit la grotte, la foule agenouillée, et Jésus, tout rayonnant de gloire, qui l'a bénie (1).

Mlle Facq, de Pont-à-Mousson, paralysée depuis cinq ans, arrivée au dernier degré de déchéance, d'anéantissement, ayant syncopes sur syncopes, est portée hors des piscines, fléchissante et soutenue par des aides, les yeux clos. On lui place l'ostensoir sur la tête ; et, elle se redresse, et marche derrière le *Saint Sacrement*, le visage rayonnant : elle, fut et resta totalement guérie (2).

Parfois, les *processions eucharistiques* donnent des guérisons d'ensemble, par groupe de 6 ou 8 malades, pendant une même cérémonie. Il en fut ainsi, en particulier, à la procession du Jubilé du Pèlerinage National de 1897, qui laissa un souvenir inoubliable.

Au Congrès Eucharistique de Rome, en 1905, le Dr Boissarie présenta un mémoire très intéressant, très suggestif, où il mit en relief les faits les plus remarquables, les plus susceptibles d'entraîner la conviction (3).

C'est d'abord le cas de Gargam, cet employé des Postes, bien connu des pèlerins de Lourdes, où sa reconnaissance le ramène chaque année, pour remplir humblement les fonctions de brancardier.

Dans un épouvantable accident de chemin de fer (rencontre de deux express), il est projeté violemment, et reste, toute une nuit, étendu dans la neige.

Depuis vingt mois, il était couché dans un lit d'hôpital, absolument paralysé des membres inférieurs qui, atrophiés, froids, creusés d'ulcères trophiques, sont au dernier degré

(1) Dr Boissarie. — *Grandes Guérisons de Lourdes*, p. 503.
(2) *Idem*, p. 504,
(3) Merveilles eucharistiques à Lourdes. *Etudes des P.P. Jésuites*, 1905, p. 225.

d'amaigrissement. Son épuisement et sa désespérance sont complets ; et, il ne peut être nourri qu'avec une sonde. Ce n'est plus qu'une *triste épave humaine,* qu'on transporte sur une planche à Lourdes, où il se laisse emmener presque malgré lui.

Sur l'esplanade, au *passage du Saint Sacrement,* il tombe dans un tel état syncopal, que son infirmier s'apprête à rabattre les couvertures sur son visage inanimé, exsangue, afin qu'on ne s'aperçût pas de sa mort.

Mais, la procession terminée, il se ranime, veut se lever, retombe jusqu'à trois fois ; et enfin, soutenu par ceux qui l'entourent, il dit qu'il veut marcher, et fait quelques pas. — Il a été guéri, dès ce moment, de sa paralysie, des plaies de ses pieds ; et, au Bureau des Constatations, en présence de vingt médecins, tous constatent cette *résurrection.* On n'avait devant soi qu'un squelette ambulant, émacié, aux yeux caverneux, mais à travers lesquels rayonnaient la joie et la reconnaissance. Au bout de quelques jours, Gargam avait regagné vingt et quelques livres dans le poids de son corps. — C'est, aujourd'hui, un adulte vigoureux.

Boissarie rapporte encore : les observations de Mlle Clément, fille du général, guérie subitement d'une *coxalgie tuberculeuse* qui, depuis des années, la clouait, impuissante, sur un lit de douleur. — De Mme Rouchel, de Metz, dont la face était rongée, et la joue creusée de part en part d'un trou à y passer le doigt, par l'action d'un atroce *lupus ;* et qui, dans la Basilique, *après le passage du Saint-Sacrement,* obtint une cicatrisation complète de ses plaies et de sa pénible et incurable perforation, alors que, dans sa simplicité et sa foi naïve, elle ne s'en était pas aperçue. C'est à l'hôpital, en enlevant son bandeau, qu'on reconnût cette merveilleuse guérison.

Je n'insisterai pas davantage sur les faits relatés par mon distingué confrère, — et je me contenterai, pour ma part, de vous entretenir des *guérisons eucharistiques*, observées depuis la publication de son rapport au Congrès de Rome, c'est-à-dire *dans ces trois dernières années*.

La *statistique*, qui nous a été transmise par le Bureau des Constatations, indique que les principales guérisons, *au passage du Saint-Sacrement*, ont été de 27 en 1905, de 38 en 1906 et de 20 en 1907 ; soit un total de 85.

Nous avons eu la patience de parcourir les Annales de Notre-Dame de Lourdes, de 1904 à 1908 (1) ; et, nous avons relevé un total de 148 *guérisons eucharistiques*.
Elles se répartissent ainsi :

Tuberculoses pulmonaires et viscérales.........	24 cas.
Tuberculoses osseuses, articulaires (mal de Pott, coxalgies, arthrites tuberculeuses du genou, du pied, du membre supérieur, etc.)..............	23 cas.
Arthrites chroniques (rhumatismales, etc.)......	15 cas.
Maladies de l'estomac et de l'intestin..........	26 cas.
Maladies de la moëlle épinière et du cerveau (paraplégies, hémiplégies, etc.)...............	19 cas.
Aphonies....................................	8 cas.
Névroses....................................	10 cas.
Affections des yeux..........................	5 cas.
Tumeurs....................................	7 cas.
Maladies du cœur (phlébites graves)...........	4 cas.
Anémies graves..............................	2 cas.
Affections cutanées, etc......................	2 cas.

(1) Les *Annales de Lourdes* présentent des caractères d'authenticité suffisants, au moins tout autant que la plupart des recueils d'observations cliniques, utilisés en médecine.

III

Examen des faits

Tuberculoses. — Arthrites chroniques. — Maladies de l'estomac et des intestins. — Maladies des yeux. — Maladies du cœur et des vaisseaux. — Maladies du système nerveux (névroses et maladies organiques). — *Tumeurs.*

Que la TUBERCULOSE PULMONAIRE, même avancée, guérisse assez souvent à Lourdes, c'est là un fait des plus avérés, puisque la statistique *globale* du Chanoine Bertrin, relate 329 cas guéris ou améliorés ; et, il me suffit de rappeler les faits mentionnés partout et particulièrement dans les ouvrages de Boissarie et de Bertrin, des poitrinaires de Villepinte, — de Marie Lebranchu, la *Grivotte* de Zola, guérie à Lourdes en 1892, d'une *phtisie pulmonaire au 3e degré*, avec ramollissement, cavernes et nombreux bacilles ; et, que le romancier fait mourir *fallacieusement* au retour, essaye plus tard de *suborner*, alors que aujourd'hui, 15 ans après, elle se porte parfaitement bien, et reste entièrement guérie, comme en font foi l'*examen radioscopique* et le certificat du Dr Jamin, son médecin à Angers, où elle réside ; certificat délivré le 18 juillet 1907. (In. Bertrin 1908, p. 347.)

Mais, la plupart de ces guérisons, sont survenues après *immersion dans les piscines.* Il y a eu un *agent physique* interposé, l'eau froide ; bien que ce mode de traitement, quand il s'agit de malades émaciées, épuisées, fébriles, souvent en sueurs, avec poumons plus ou moins altérés, dût plutôt, de l'avis de tous les médecins, les précipiter dans le tombeau.

Et, voici maintenant que des *guérisons de poitrinaires,* s'opèrent en plein air, au grand soleil, sous les regards de

tous, *au passage du Saint-Sacrement*. Elles sont durables.
— Dans ce laps de temps de 3 ou 4 ans, j'en ai relevé 10 ou 12 cas.

Ces pauvres malades éprouvent, soudainement, une sensation de bien-être, une grande facilité de respiration; et, se levant de leur misérable grabat, se jettent à genoux derrière le Saint-Sacrement, proclamant sans hésition, *qu'elles sont guéries*. — Au Bureau des Constatations, les médecins les examinent et trouvent : tantôt, que tous les signes *physiques*, à l'auscultation, sont disparus; ou, dans d'autres cas, que seuls les symptômes *subjectifs* se sont évanouis.

Mais, dans tous les cas cités, à partir de ce moment précis, la *reprise de la santé est décisive, progressive, et extraordinairement rapide.*

Citons quelques faits.

Mlle Marie-Louise Gaillau (de Paris), 24 ans, *d'après son certificat médical*, est atteinte de *tuberculose pulmonaire, compliquée d'anémie pernicieuse*. Elle garde le lit depuis août 1903. L'amaigrissement et l'affaiblissement progressent sans cesse; elle a perdu 7 kilog. de son poids. Elle parvient à Lourdes, couchée sur un matelas. — Le dimanche 21 août 1904, *à la procession du Saint-Sacrement*, elle s'est subitement redressée, se sentant guérie. Un instant après, elle s'est levée, a marché, s'est mise à manger au repas commun comme tout le monde, et a bien dormi. — L'examen de la poitrine, fait par plusieurs médecins, le soir même de la guérison et le lendemain, ne révèle aucun signe de maladie active du côté des poumons. — A son retour à Paris, son médecin affirme la *disparition des lésions*. — Elle revient l'année suivante à Lourdes, en *parfaite santé, ayant augmenté de 18 kilog.* (*Annales* 1904-05, p. 177, et 1905-06, p. 160).

Mlle Lucie Grillot, 24 ans, atteinte aussi de *tuberculose pulmonaire* (toux, perte de la voix, faiblesse croissante). — A Lourdes, le lundi 22 août, *à la procession du Saint-Sacrement*, elle se lève de son brancard, se disant plus forte et se sentant guérie. Mais, au Bureau des Constatations, on a trouvé encore, aux poumons, des signes de lésions tuberculeuses. — Elle revient, l'année suivante, dans *un état de santé excellent,* comme l'affirme le certificat de son médecin ; elle a engraissé de 30 livres. *(Annales* 1904-05, p. 281, et 1905-06, p. 161).

Mme Giffard, de Tours, en 1904, est venue avec un certificat de *bacillose pulmonaire :* tous les symptômes de sa maladie disparaissaient le 5 septembre 1904, à la *procession du Saint Sacrement.* — Elle revient en 1905, ayant engraissé de 18 livres, avec un nouveau certificat indiquant que les *symptômes de bacillose pulmonaire n'existent plus. (Ann.* 1905-06, p. 189.)

Mlle Carina de Benevel, originaire de Palerme, en Sicile, victime il y a deux ans d'une pleurésie du côté droit, est déclarée, par différents médecins, atteinte d'une façon non douteuse de *tuberculose pulmonaire.* Un éminent spécialiste de Paris l'envoie dans un sanatorium. Là, l'examen des crachats *révèle la présence de bacilles de Koch.*

Elle va à Luchon, où un médecin, le docteur Racine, déclare : que la malade souffre de toux rauque, a de temps en temps de légères hémoptysies, ainsi qu'une fièvre assez élevée revenant tous les soirs, avec des sueurs nocturnes profuses, et enfin, est notablement amaigrie et d'une faiblesse considérable. L'examen des poumons avait permis de constater la présence de quelques craquements et quelques râles humides, surtout au sommet du poumon droit. Il y avait aussi des adénites au cou et un genou tuberculeux.

A son arrivée à Lourdes, le 31 août 1906 : état inquiétant ; forte fièvre ; quelques crachements de sang ; menaces de syncope ; elle ne prend presque rien.

Le même jour, dans l'après-midi, à *la procession du Saint-Sacrement,* Mlle de Bénevel se sentit subitement bien ; et elle se rendit au Bureau des Constatations médicales, où elle se déclara guérie.

Elle marchait comme tout le monde, ne toussait plus, et la faiblesse avait disparu. Du jour au lendemain, cette jeune personne avait retrouvé un état de santé normal.

Le Dr Racine, de Luchon, mandé par dépêche, stupéfait et

2

heureux d'un pareil résultat, délivre un certificat, où il déclare : que Mlle de Bénevel a été guérie à Lourdes, presque subitement, d'une *tuberculose pulmonaire* datant de près de deux ans, intéressant les deux poumons, avec fièvre continue, amaigrie par des vomissements continuels ; anorexie complète, sueurs profuses ; adénite du cou et de l'épaule, tumeur blanche du genou droit, et *menace de phtisie galopante*. — Son médecin constata ultérieurement que, le 18 septembre, elle avait augmenté de de 6 kilogs ½. *(Annales 1906-07*, p. 244).

Ces récits de tuberculoses pulmonaires sont très émotionnants ; nous les avons abrégés, et nous n'insisterons pas, ayant promis d'être exclusivement scientifique dans cette étude, c'est-à-dire parfaitement froid.

Une autre forme de la TUBERCULOSE VISCÉRALE, dont les résultats thérapeutiques sont également très surprenants à Lourdes, c'est la PÉRITONITE TUBERCULEUSE. Nous en relevons au moins 6 cas, dans les trois années précitées.

Ce ne sont pas seulement des péritonites tuberculeuses avec ascite abondante et quelques granulations semées sur séreuse abdominale, qu'on voit guérir à Lourdes. Celles-là, nous en obtenons quelquefois la disparition par la laparotomie, c'est-à-dire par ouverture du ventre et évacuation des liquides. — On admet que la présence de l'air, les changements vasculaires, amènent une phagocytose abondante et la résorption des bacilles.

A Lourdes, guérissent aussi des péritonites tuberculeuses *graves*, avec gâteaux ou masses tuberculeuses, parsemées d'abcès gazeux et purulents, agglomérant les anses intestinales, les ulcérant, et formant souvent à la peau de *larges fistules*, qui laissent passer en abondance gaz intestinaux, pus, et matières stercorales.

Je pourrais, me limitant aux trois années que j'ai parcourues, vous citer les cas : de Mme Roy de Parthenay *(Annales* 1904-05, p. 203) ; de Mlle Georgette Fougeray, de Paris (1904-05, p. 181) ; de Marie Samson, de Falaise

(1904-05, p. 213), qui après avoir gardé le lit 2 ans, guérit à Lourdes, où deux ans après elle revenait en parfait état ; de Mlle Cécile de Franssu, de Tournai (1905-06, p. 269), dont l'observation a été relatée par mon collègue, le Professeur Baltus. — Dans tous ces cas, il s'agit d'améliorations importantes ou de guérisons définitives, *survenues au passage du Saint-Sacrement.*

Je me contenterai de rapporter, en quelques traits, le cas d'un étudiant de notre Faculté catholique de Médecine de Lille, que nous avons sous les yeux depuis 4 ans, et qui a été l'objet d'une communication de mon collègue, le professeur Desplats, à la Société des Sciences médicales de Lille.

En 1904, M. D..., étudiant en médecine, fut laparotomisé, pour une *péritonite tuberculeuse.* Il s'écoula 10 à 12 litres de liquide, et, au cours de l'opération, le chirurgien constata l'*existence de nombreux tubercules sur le péritoine.*

Malgré cette intervention D... ne guérit pas ; et quelques mois après, selon son médecin de Dunkerque, il est dans un état déplorable, avec un ventre douloureux, rétracté, un foie et une rate énormes. Il se fit à la paroi abdominale des abcès, des fistules, qui laissaient passer du pus et des matières stercorales. Le malade maigrissait constamment, et ne mangeait, pour ainsi dire, plus.

Transporté à Lourdes, après un voyage très pénible, le dernier jour du pèlerinage, le 1er septembre 1905, *pendant la procession du Saint-Sacrement,* D... ressentit des douleurs dans le ventre, et se trouva serré comme dans un étau. Il eut la conviction que quelque chose d'extraordinaire se passait en lui, et qu'il était guéri.

Il n'alla pas au Bureau des Constatations, dans la crainte que son bien-être ne fût que le résultat de l'émotion, et ne durât point. — Mais, le soir même, il mangeait un beefsteack, le lendemain du jambon, un petit pain et des fruits. La nuit suivante : bon sommeil, plus de sueurs. La fistule était fermée.

Depuis ce temps, D... jouit d'une excellente santé, et a pu poursuivre en paix ses études médicales, qu'il a bientôt terminées. *(Annales,* 1905-06, p. 138.)

La guérison des TUBERCULOSES OSSEUSES ET ARTICULAIRES, au *passage de la procession du Saint-Sacrement* à Lourdes, présente souvent des épisodes très dramatiques, mais aussi très consolants, qui montrent bien la puissante bonté de la Sainte Vierge.

Nous en avons relevé 23 cas, dans ces trois dernières années.

Nous ne parlerons que des *caries vertébrales* (mal de Pott), et des *coxalgies*, dont la guérison est la plus souvent observée.

MAL DE POTT.

Le mal de Pott ou carie de la colonne vertébrale, est caractérisé, en clinique, par trois grands symptômes ou syndrômes : 1° une *gibbosité* ou bosse dans le dos, due à l'effondrement des vertèbres cariées ; 2° des *abcès* souvent volumineux et à distance (dits abcès par congestion) ; 3° des *douleurs, paralysies* et *contractures,* souvent interminables, produites par la lésion tuberculeuse propagée à la moelle épinière et aux nerfs voisins.

Or, voici ce qu'on a observé à Lourdes, dans ces dernières années, au *passage du Saint-Sacrement.*

1° Dans une première catégorie des faits, les douleurs, paralysies et contractures disparaissent *instantanément.* Les malades se lèvent, marchent, ce qu'ils ne pouvaient absolument pas faire auparavant, et cela depuis des mois et des années. Mais, souvent la *gibbosité persiste,* et n'est plus douloureuse.

Tels sont les cas d'Albert Lépine, de Boulogne, 18 ans (*Ann.* 1904-05, p. 156) — de Bathilde Puiroud, de Vendée (*Ann.* 1904-05, p. 183) — de Marthe Peteuil, d'Autun (*Ann.* 1904-05, p. 212) — de Marie Moreau, de Paris, 21 ans (*Ann.* 1905-06, p. 150) — de Clémentine Delruelle, de Fougères, que j'ai examinée moi-même à Lourdes (*Ann.* 1905-06, p. 151) et qui ne marchait plus depuis un an — de Claudine

Chaussillon, de Lyon, 24 ans. Elle est transportée dans un *état comateux à la procession du Saint Sacrement*, et au moment du passage du Divin Maître, elle reprend connaissance, se lève, et marche (*Ann.* 1906-07, p. 4).

2° Chez d'autres malades, on a constaté la guérison de *fistules purulentes* très abondantes et *d'abcès par congestion*, en même temps que la disparition des douleurs et de la paralysie. Telle Mlle Marguerite Loir, de Louvroil (Nord) (*Ann.* 1907-08, p. 188).

3° Dans un troisième groupe de malades, enfin, on signale la *disparition de la gibbosité elle-même*.

Exemple : Mlle Loizeau, de Mouillerie (Vendée), couchée depuis 9 mois d'un mal de Pott dorso-lombaire. Le 19 août 1906, à la *procession du Saint Sacrement*, elle se lève et marche sans douleurs, ni fatigue ; et, elle va au Bureau des Constatations, où on ne trouve plus *aucune trace de la déviation de la colonne vertébrale* (*Ann.* 1906-07, p. 166, et 1907-08, p. 170). — De même, pour Barbet, d'Abbeville, 45 ans (*Ann.* 1907-08, p. 168).

Toutes ces guérisons sont *définitives, persistan.es ;* ainsi, Mlle Loizeau est revenue, un an après, en pèlerinage de recon. naissance à Lourdes. Elle n'a plus souffert et n'a cessé de travailler depuis son retour en Vendée ; son infirmité a complètement disparu.

Notons deux points :

1° Que la disparition de certaines gibbosités, dans le mal de Pott, peut être le résultat de la *cessation de contractures ou de paralysies*. — Dans les autres cas, la carie osseuse guérit, se répare, mais les vertèbres restent soudés en position vicieuse ;

2° C'est toujours par la disparition de la paralysie et des douleurs, que débute la guérison. — Ceci montre, que le système nerveux est le premier *mis en cause par l'agent curateur*. Nous reviendrons sur ce point, ultérieurement.

Terminons ce qui a trait au mal de Pott, à Lourdes, par le récit sommaire de trois guérisons, qui ont eu un retentissement considérable.

« Il n'y a donc pas de police à Tours pour empêcher de pareils fanatiques de commettre une telle barbarie ?... Pauvre enfant, ils la ramèneront dans un cercueil ! » — C'est ainsi qu'étaient accueillis M. et Mme Tulasne qui, entraînés par leur foi et celle de leur fille, âgée de 20 ans, se rendaient à Lourdes. Elle était étendue dans un étroit lit d'osier, immobile, livide, inanimée. Jeanne (c'était son nom) avait vu mourir son frère de la tuberculose pulmonaire ; et, depuis deux ans, atteinte de tuberculose vertébrale, s'en allait pas à pas, au milieu de douleurs inexprimables, au terme où il était allé. Corsets plâtrés, immobilisation, abcès par congestion, elle avait tout souffert ; et, l'une de ses jambes s'était enflée, contracturée, avec d'atroces douleurs.

Elle était étendue à Lourdes sur l'Esplanade ; et déjà, Mgr Renou, son archevêque, *portant le Saint-Sacrement*, était passé devant elle, sans résultat. Une de ses amies, placée plus loin, priait pour elle. Mgr Renou, mû par un sentiment instinctif de pitié, se retourne avec l'ostensoir vers sa paroissienne. « Alors, dit le narrateur, M. l'abbé Bertrin, l'effet fut prompt comme la foudre. Jeanne se leva d'un bond sur sa couche, elle à qui tout mouvement était impossible depuis longtemps. Elle criait : « Je suis guérie, maman ; je suis guérie ! »

Une heure après, rentrée à l'hôpital, Jeanne dînait assise sur une chaise, comme tout le monde.

Au Bureau des Constatations, le docteur V... déclara au nom de tous ses confrères : que les trois vertèbres atteintes ne formaient plus de saillie ; que le pied-bot n'existait plus ; que les mouvements de la jambe, toute atrophiée qu'elle était, se trouvaient libres ; bref, la guérison paraissait complète.

Ces faits se passaient en septembre 1897, et, *depuis onze ans, le mal n'a jamais reparu*. Ultérieurement, une commission diocésaine a été nommée : *l'examen radiographique* a permis de voir que la colonne vertébrale était dans un état normal et parfait. Mgr Renou a déclaré le fait miraculeux. (Voir *La Croix*, de Paris, n° du 8 juillet 1908.)

Mlle Marie-Thérèse Noblet, d'Epernay (diocèse de Reims), âgée de 15 ans, est affligée d'un *mal de Pott dorso-lombaire*, qui est atrocement douloureux, et lui a occasionné une *hémiplégie* et même une *paralysie des deux membres inférieurs,* qui sont roides dans l'extension depuis trois semaines, et dont la sensibilité est éteinte. Elle a été emprisonnée dans un corset plâtré très étendu, par le Dr Chipault, de Paris.

Le 31 août 1905, *à la procession du Saint-Sacrement*, les douleurs devinrent plus violentes et continuèrent à augmenter d'intensité jusqu'au retour à l'hôpital, où elles *cessèrent brusquement.* La jeune fille s'écria alors : « Je suis guérie ! » Cette guérison fut vérifiée le lendemain au Bureau des Constatations.

L'année suivante, septembre 1906, elle revint en action de grâces à Lourdes, avec ce certificat de son médecin : « Je dois déclarer, qu'après trois mois écoulés, rien à mes yeux n'est venu démentir l'œuvre de guérison de Mlle Noblet, accompli à Lourdes. J'ai écrit guérison ; et je maintiens le mot : car peut-on dénommer autrement l'état d'une malade, qui l'a été pendant des mois et qui ne l'est plus ; qui a souffert, jours et nuits, d'atroces douleurs, et qui ne souffre plus ; l'état d'une malade enfin, qui, après avoir été immobilisée de par son mal de Pott et par son médecin, va, vient, circule à sa guise, tour à tour rieuse et sérieuse, comme on l'est à 16 ans. Non, le jeu des lois naturelles, telles que nous les connaissons, ne suffit pas à expliquer la soudaineté d'une pareille guérison. Quand l'enfant disait : « Je suis guérie », la foule répondait miracle : « Miracle ! » Devant un fait aussi sensible, et jusqu'à preuve du contraire, aussi certain, il faut bien l'avouer, la foule avait raison ». Signé : Dr Rignier, médecin à Neufchâtel-sur-Aisne. *(Annales* 1905-06, p. 186 et 363, et 1906-07, p. 239).

Mlle Daisy Grenet, de Drancy, près Paris, âgée de 24 ans, a été guérie l'an dernier, d'un *mal de Pott lombaire*, avec *abcès par congestion de la fosse iliaque droite.* Je résume, en deux mots, son observation recueillie par M. le Dr David, chef de clinique de notre Faculté catholique de Lille.

La maladie a 8 ans de date. En 1898, le Dr Menard, chirurgien en chef de l'Hôpital Maritime de Berck, avait diagnostiqué un *mal de Pott lombaire*. Elle fit successivement deux séjours à l'Hôpital Maritime, l'un de 2 ans, l'autre de 3 ans. On lui mit plusieurs corsets plâtrés, ou en celluloïde : mais, elle souffrait horriblement, et dans les meilleurs moments, ne pouvait faire que quelques pas, appuyée sur des béquilles. Souvent, elle était obligée de rester 7, 8 ou 9 mois de suite au lit. Elle eut deux abcès superficiels dans la région lombaire. Elle devint d'une faiblesse et d'une maigreur extrêmes : les moindres mouvements étaient très douloureux.

Dans le transfert à Lourdes, elle eut des vomissements continuels, et tomba à plusieurs reprises dans un état syncopal très inquiétant, pour lequel on dut réclamer les soins de notre confrère. Les souffrances étaient telles, et l'état si pitoyable, que les Dames infirmières, à la piscine, refusèrent de la baigner.

Elle guérit subitement, le 1er septembre 1907, à *la fin de la procession du Saint-Sacrement*.

Elle put marcher, et vint faire constater sa guérison au Bureau des Constatations. « La colonne vertébrale était dans sa rectitude normale ; les douleurs avaient disparu. Les mouvements avaient retrouvé leur souplesse, et la malade se retournait avec facilité sur le lit d'examen, en cambrant les reins. De l'abcès par congestion, il n'y avait plus trace. » — Cette guérison d'un mal de Pott, pour lequel pendant 9 ans, la malade avait été en traitement, immobilisée constamment dans des appareils, ne s'est pas démentie depuis, ainsi qu'en font preuves les certificats médicaux qui nous ont été communiqués. (*Annales* 1907-08, p. 184, et observations du Dr David).

Les COXALGIES se caractérisent : d'une part, par des érosions, destructions, et déplacements articulaires — et, d'autre part, par des attitudes vicieuses amenées par des contractures et paralysies musculaires, ou par des rétractions.

A Lourdes, on voit, dans certains cas, disparaître d'abord les *attitudes vicieuses ;* et, en même temps, la *claudication* ou tout au moins les *douleurs* s'évanouissent, et la marche devie nfacile.

Presque toujours, à partir de l'intervention divine, les

lésions cessent de progresser et le processus vers une guérison rapide s'établit. Si la claudication persiste, elle n'est
plus douloureuse.

Tels sont les cas : de Mlle Clotilde Cherpin, de Lyon,
19 ans 1/2 (*Ann.* 1904-05, p. 148) ; de Mlle Leroux, de Nantes,
16 ans 1/2 : coxalgie névropathique, mouvements devenus
entièrement libres (1905-06, p. 192) ; de Mlle Desmeries, des
environs d'Arles, 17 ans, coxalgie tuberculeuse, immobilisée
dans des appareils, guérit *à la procession du Saint-
Sacrement,* retrouve son articulation parfaitement souple,
sans raccourcissement ni douleur ; et, revient l'année suivante, après avoir toute l'année travaillé aux champs
(*Ann.,* 1906-07, p. 166, et 1907-08, p. 170) ; Mlle Clémentine
Hoyez, de Seclin (Nord), est très scrofuleuse et tuberculeuse :
elle a, de tous côtés, des abcès qui suppurent, une tumeur
blanche au gros orteil, une coxalgie suppurante. Son état
général est minable, et on la transporte sur une civière à
Lourdes, croyant qu'elle mourrait en route. Après la *procession du Saint-Sacrement,* elle se lève, marche ; les
abcès et fistules se tarissent, et, revenue à Seclin, elle marche
sans appui ; au bout de six semaines, elle avait augmenté de
treize livres (*Ann.,* 1906-07, p. 203, et 1907-08, p. 1).

Je pourrais citer des cas aussi convaincants pour des
TUMEURS BLANCHES suppurées ou non du genou, du cou-de-
pied, et de presque toutes les articulations (v. aussi Mlle S.
Sougay, de Voiron (Isère). (*Ann.,* 1907-08, p. 254.)

Je n'insisterai pas sur les 15 cas d'ARTHRITES CHRONIQUES,
sèches, rhumatismales ou autres, avec frottements articulaires, impotence absolue, atrophies musculaires, durant
depuis des mois, sans progrès vers le mieux, *qui ont guéri
au passage du Saint-Sacrement,* bien qu'il y ait là des faits
très intéressants, très remarquables, tel que le cas de Victorine Gazeau, des Deux-Sèvres, absolument infirme, qui

retourna guérie; et la guérison se maintint. (Récit détaillé, in *Annales*, 1906-07, p. 345.)

J'ai hâte d'arriver à un groupe pathologique bien différent, et très important, puisqu'il comprend 26 cas : je veux parler des *maladies chroniques de l'Estomac et de l'Intestin.*

Les maladies de l'Estomac guéries, à Lourdes, sont en grand nombre : nous en relevons 23 cas, en 3 années. Et, nous ne parlons ici, que d'*affections graves,* presque toujours parvenues à la *dernière extrémité.*

Il s'agit d'*ulcères* de l'estomac, avec vomissements de sang, douleurs violentes, intolérance absolue pour les aliments. Les malades ne prennent plus que quelques gorgées d'eau ou de lait. Quelques-uns sont uniquement soutenues par le *gavage,* ou *lavements alimentaires.* L'affaiblissement est extrême, les syncopes continuelles.

Cependant la plupart de ces malades guérissent *à la procession du Saint-Sacrement,* où on les a apportées, couchées sur des matelas.

Quelques-unes sont alitées depuis plusieurs années, incapables de se lever, de marcher, parfois paralysées ou contracturées des membres, aphones, etc.

Mlle Eugénie Cordier, de Roüère (Mayenne), est malade depuis plusieurs années ; l'ulcère date de 3 ans, chez Mathilde Lebreuil, de Dijon ; Marie Colineau est malade depuis 13 ans, et depuis 5 ans, n'a pas mis les pieds à terre ; Mlle Simoen, d'Armentières (Nord), depuis 1 an 1/2 n'a pas quitté le lit, et quoique âgée de 25 ans, *ne pèse que 25 kilos.*

Chez ces malades, la guérison s'opère subitement, *au passage du Saint-Sacrement,* rarement après une ablution aux piscines; car, elles sont si faibles qu'on n'ose les immerger.

En général, à ce moment, elles éprouvent une sensation de *douleur violente* à l'estomac, de déchirement, un grand malaise, une sorte d'étouffement, une syncope ; quelques-unes s'évanouissent. Puis, immédiatement, survient une *sensation de bien-être subit ;* et quelquefois, l'appétit est revenu instantanément.

En rentrant à l'hôpital, elles se mettent à manger de tout, même des choses indigestes, bien que, dans la journée même, elles aient eu de vives douleurs, des vomissements de sang.

Quelques-unes se sentent comme soulevées, comme impulsées, se lèvent et marchent, et retrouvent assez de forces pour se rendre, incontinent, au Bureau des Constatations.

Il en est qui, le lendemain, vivent comme tout le monde, prennent part aux exercices du pèlerinage, ou vont soigner les autres malades.

Et, *ne croyez pas qu'il s'agisse de guérisons éphémères.*

Mlle Marie Cordier, guérie en 1904, revient en pèlerinage de reconnaissance en 1905 : elle se porte bien depuis lors, et a augmenté de 12 kilos en un mois.

Mlle Brochet, de Flers (Orne), à son retour, renvoie un certificat de son médecin, constatant qu'elle est parfaitement guérie.

Mlle Amalie Floutard, guérie en 1904, revient en 1905, et est trouvée en excellente santé, ayant engraissé de 15 kilog.

Mlle Simoen, d'Armentières, arrivée en 1906 dans un état de prostration extrême, et guérie *à la procession du Saint-Sacrement.* Agée de 25 ans, elle ne pesait que 25 kilog. Revue un an après, au pèlerinage de reconnaissance, a une santé très bonne et a engraissé de 56 livres depuis l'année dernière.

Mlle Pauline Brenant, de Lyon, 33 ans, était venue le 22 août 1906 avec un certificat constatant : qu'elle était atteinte d'un *ulcère de l'estomac* nettement caractérisé, avec hématémèses, melœna, douleurs en broches épigastriques et dorsales ; état général des plus précaires. Elle revient le 28 mai 1907 avec un certificat de son médecin déclarant : « qu'elle n'a plus aucun des symptômes caractéristiques de l'*ulcère rond de l'estomac*, qu'elle présentait, l'an dernier, avec tant de netteté, et depuis si longtemps... » (1)

Parmi les *affections* INTESTINALES, je citerai les deux cas *d'entéro-colites avec appendicites chroniques graves*, avec épuisement profond : de Mlle Blanche Evrard, de Paris, guérie soudainement à la *Bénédiction du Saint Sacrement*, en 1906, et revenue en parfait état en 1907 *(Annales*, 1907-08, p. 170) — et de Mlle Marie Marotel *(Ann.*, 1907-08, p. 182).

Mais le fait le plus merveilleux, et tout à fait remarquable est celui de Mlle Marie Borel, de Mende (Lozère), *qui portait 6 fistules dont 4 s'ouvraient dans l'intestin, laissant échapper son contenu par leurs ouvertures externes*. — La malade était couchée depuis 30 mois ; il fallait la panser 2 fois par jour ; une paralysie *de vessie* était enfin venue augmenter les souffrances.

Elle guérit à Lourdes le 21 août 1907, et, *pour la première fois depuis de longs mois*, les *fonctions intestinales reprirent leur cours normal*. Le lendemain, il ne restait plus traces de suppuration ; les intestins, la vessie, tous les organes fonctionnaient régulièrement. La guérison fut complète.

Pour ceux qui savent qu'obtenir la guérison de telles infirmités est presque impossible, même au prix d'une opération chirurgicale ; c'est là un des faits les plus merveilleux, nettement miraculeux. *(Annales de Lourdes* 1907-08, p. 162, et journal *La Croix*, 23 sept. 1908).

---

(1) Principaux cas d'ulcère de l'estomac : *Annales* 1904-05 : Sr Anne-Marie, p. 171 ; Mmes Patou, p. 180; Aurélie Floutard, p. 182, et *Annales* 1905-06, p. 149 ; Marie Cordier, p. 182 et *Ann.* 1905-05, p. 159 ; Eugénie Pradat, p. 185. — Années 1905-06 : Alphonsine Duval, p. 151 ; Clémence Simoen, p. 193, et 1906-07, p. 205 ; Louise Dupont, p. 195 ; Mathilde Lebreuil, p. 240; Marie-Joseph Colineaux, p. 247 : Elise Brochet, p. 191 et 275. — *Annales*, 1906-07 : Léonie Lagouche, p. 202. — *Annales*, 1907-08 : Pauline Brenant, p. 90: Antoinette Rivière, p. 153 ; Florence Muylaert, p. 172 ; Mme Labrousse, p. 174 ; Léonie Hullin, p. 175: Joséphine Verger, p. 174 : Henriette Strock, p. 188 ; Marthe Barrier, p. 191.

Les *maladies des* YEUX nous fournissent, à Lourdes, dans les conditions précitées, cinq cas de guérisons de cécité complète ou presque complète. Je signale le plus remarquable.

Ce fut celui de Charles Auguste, organiste à Creil. *Il y avait 48 ans qu'il était aveugle.*

Placé, dans son enfance, à l'Institut des Jeunes Aveugles, à Paris, il devint organiste.

Il ne se souciait pas d'aller à Lourdes, disait-il, pour demander sa guérison ; parce que la Providence, qui l'avait affligé, lui avait, en échange de sa vue perdue, donné un talent qu'il n'eut point eu sans cela.

On eut beaucoup de peine à l'amener à la *Procession du Très Saint-Sacrement.* Il fut très impressionné de ce qu'il entendit.

Or, dans la nuit qui suivit, il recouvra la vue des deux yeux, et celle-ci devint de plus en plus parfaite. (Récit détaillé dans les *Annales de Lourdes*, 1906-1907, p. 12).

Mlle Hecquet, du Pas-de-Calais, avait une *irido-choroiolite* très douloureuse, qui l'avait rendue complètement aveugle de l'œil droit ; et, à gauche, sa vue était tellement affaiblie, qu'elle ne pouvait se conduire.

A la *Procession du Saint-Sacrement,* elle eut la sensatoin d'un éclair passant devant ses yeux ; et immédiatement elle commença à distinguer les objets. Le lendemain, elle lisait parfaitement les caractères ordinaires d'un livre ouvert devant elle ; elle ne souffrait plus, et les yeux avaient repris un aspect normal. (*Annales* 1907-08, p. 173.)

Mlle Péron, du Tréport (Seine-Inférieure) avait un *double glaucome* très douloureux, la cécité devient complète (elle avait subi l'opération d'un côté). Le 18 septembre 1907, *à la procession du Saint-Sacrement,* Mlle Péron retrouve subitement à l'œil gauche, un degré de vision, qui lui permet de se conduire, de voir l'heure, de lire les caractères d'imprimerie, de distinguer les couleurs, etc. *(Annales* 1907-08, p. 218.)

Deux cas de maladies du CŒUR graves.

Dans l'un disparaissent seulement les troubles fonctionnels (Mlle Lagny, 1906-07, p. 173). — Dans l'autre, il s'agit d'une *insuffisance mitrale* avec tachycardie, essouflement, bruit de galop, claquement des valvules ; et respiration très pénible, nécessitant la position assise; crises spasmodiques fréquentes. Le matin même, elle eut une grande syncope. Or, tout s'améliore à la *procession du Saint-Sacrement*, et deux jours après, au Bureau des Constatations, les médecins ne trouvaient plus trace de la maladie du cœur. (Mlle A. Grauw, *Annales* 1905-1906, p. 236).

Mlle Victoire Caillol, de Marseille, guérit à Lourdes, d'une *double* PHLÉBITE *grave,* pour laquelle on lui avait immobilisé les jambes, dans des gouttières, depuis 3 ans. Elle souffrit tellement pendant le voyage qu'elle préféra s'étendre par terre dans le compartiment. Le 8 septembre, à la *procession du Saint-Sacrement,* au moment où l'ostensoir s'arrête devant elle, elle ressent un grand froid, qui envahit ses hanches et descend jusqu'à ses pieds; et, quand le froid a cessé, elle n'éprouve plus aucune douleur; le lendemain, au Bureau des Constatations, on constate : que tous les mouvements sont redevenus possibles et non douloureux, quoiqu'il y ait encore des frottements articulaires. *(Annales* 1905-06, p. 97).

Je pourrais citer encore deux cas d'ANÉMIES GRAVES PERNICIEUSES, menaçants à bref délai l'existence. J'ai été le témoin et le narrateur de la guérison d'une des malades, Mlle Scorsery, de Lille, dont j'étais le médecin. (Annales 1905-06, p. 253). Voyez aussi Mlle Vilette (1907-08. p. 227).

Maladies du SYSTÈME NERVEUX.

La guérison des malades du *système nerveux*, à Lourdes, donne bien souvent lieu à des épisodes dramatiques et sensationnels ; car, la détresse et la déchéance des malades sont navrantes. Ce sont, en un mot, des incurables *ex-professo.*

Il convient, toutefois, de distinguer deux grandes classes de *maladies du système nerveux :* les *névroses* ou maladies purement fonctionnelles, et les *maladies organiques*, c'est-à-dire avec lésions des centres nerveux.

Au dire des médecins, les NÉVROSES sont très susceptibles de guérir à Lourdes sous l'influence de la suggestion, des émotions, etc.

Laissons de côté l'*hystérie*, ce sphynx-fantôme, sur la nature duquel, malgré congrès et discussions, les pathologistes ne s'entendent guère ; et qu'on n'observe pas à Lourdes, où affluent plutôt les âmes simples et les femmes des campagnes. En général, l'hystérie est le résultat du surmenage physique et moral, et reste l'apanage des grandes villes.

C'est donc un très grand bienfait que de voir disparaître, à Lourdes, *à la procession du Très Saint-Sacrement*, certaines névroses graves, difficilement curables, comme nous en avons relevé 8 à 10 cas, de 1905 à 1908.

C'étaient des malades alités depuis des mois et des années, avec des *membres contracturés, atrophiés, qui ne leur permettaient que de se traîner avec des béquilles ou qui les obligeaient à rester étendus, torturés par des douleurs vives, et souvent affaiblis.*

Au passage du Divin Médecin, ces malades éprouvent dans les membres paralysés une sensation pénible ; un frisson les parcourt ; et aussitôt, contractures et douleurs disparaissent. Ils se lèvent et marchent.

Quelques-unes des malades étaient tombées dans un état de souffrance, de prostration et d'impuissance, à *la suite d'opérations graves*, inutilement répétées. (3 opérations successives chez Mme E. Bosman, 1906-07, p. 167).

D'autres étaient atteintes de *neurasthénies graves*, survenues à la suite de fatigues excessives ou après des émotions violentes (1).

---

(1) Cas de névroses graves guéries à Lourdes : *Annales* 1904-05 : p. 188, 215. — 1905-06 : p. 186, 244. — 1906-07 : p. 167, 203, 244. — 1907-08 : p, 266.

La guérison soudaine des *maladies de la* MOELLE ÉPINIÈRE n'est pas rare à Lourdes ; puisque nous en relevons 17 cas dans les trois années parcourues.

On pourrait penser, *a priori*, qu'il s'agit de *paralysies hystériques,* chez lesquelles les accidents ont cessé subitement, sous l'influence de la suggestion ou d'une émotion.

Ce serait se tromper grandement. — Dans la plupart des cas, on est en présence de *paraplégies* ou de *polynévrites infectieuses,* d'origine grippale, utérine, typhique, dypthérique, ou par intoxications diverses (1).

Les malades, *véritables infirmes,* gisaient sur leurs lits, les membres inférieurs *inertes, atrophiés,* en *contracture depuis des mois et des années (au moins* 18 mois ou 2 ans).

Mlle Codron, de Bourbourg (Nord), il y a 10 ans, fut prise subitement d'une hémiplégie gauche, accompagnée d'une contracture des membres inférieurs, qui se croisent l'un sur l'autre. Elle guérit subitement le 21 août 1906, *à la procession du Saint-Sacrement.* Peut-être dans ce cas s'agit-il d'une paralysie par névrose ; mais la cure, dans de telles circonstances, n'en est pas moins un grand bienfait.

La petite Besson, âgée de 14 ans, ayant fait une chute sous une voiture à l'âge de deux ans, était paralysée et atrophiée des membres supérieurs, depuis ce temps. Le 18 août, *à la procession du Saint-Sacrement,* elle retrouve la liberté de ses mouvements ; toutefois l'atrophie persiste. *(Annales* 1906-07, p. 168.)

Mlle Courant, du Maine-et-Loire, a 42 ans ; et, elle est malade depuis 23 ans, atteinte, dit le certificat médical, d'une *myélite chronique :* elle ne s'est pas levée du lit depuis ce temps, ne pouvant se servir de ses membres inférieurs complètement paralysés.

Le mardi 26 août 1906, *à la procession du Saint Sacrement,*

(1) *Annales* 1904-05 : p. 151, 176, 189. — *Annales* 1905-06 : p. 151, 185. — *Annales* 1906-07 : p. 123, 167, 168, 174, 242, 243, 272. — *Annales* 1907-08 : p. 161, 165, 176, 180, 223, 225.

la malade a senti un fourmillement dans toute sa personne, et une impulsion, l'obligeant à se lever. Le lendemain, on constate, au Bureau, que Mlle Courant marche, va, vient : la sensibilité est aussi revenue dans les membres inférieurs (*Annales*, 1906-07, p. 174).

M. l'abbé Arsène Hayez, du département de l'Orne, était atteint, en 1887, d'une *myélite*, qui lui avait complètement paralysée le tronc et les membres inférieurs. On l'amène à Lourdes. étendu sur une planche, et, il y guérit subitement le 22 août 1888, *au moment où le Saint Sacrement passait devant lui*. Il se mit à genoux, et le suivit jusqu'à la Basilique.

Il revient au Bureau des Constatations, en 1907, *vingt ans après :* il n'a jamais eu de rechute; il a pu faire son service militaire, son séminaire, et il exerce les fonctions de vicaire à Domfront.

On pourra lire aussi, dans les *Annales* 1907-1908, p. 161, un cas d'*ataxie locomotrice progressive* bien observé. La malade, Mlle Villemur, âgée de 35 ans, aurait complètement guéri après deux bains dans les piscines : de fait, les médecins du Bureau des Constatations ont reconnu la disparition de tous les symptômes, bien connus, de cette terrible maladie, très rarement curable : toutefois, *il faut attendre encore la confirmation du temps.*

Je termine par l'examen critique des cas de TUMEURS disparues à Lourdes : j'en ai recueilli 8 cas, dans les *Annales*, pendant le cycle désigné de 3 ans.

Voir disparaître, s'évanouir en quelque sorte, sous les regards, une *tumeur solide*, un NÉOPLASME VRAI, il y a de quoi confondre les plus incrédules.

Nombreuses cependant sont les *causes d'erreur*.

Mlle Main, de Boissière (Deux-Sèvres), 16 ans, arrive à Lourdes avec un certificat médical, indiquant qu'elle est atteinte d'*ostéome* du fémur gauche. Marche impossible, depuis plus d'un

3

an; douleurs vives; on crut d'abord à l'existence d'une coxalgie. Elle guérit subitement *après la procession aux flambeaux.*

Elle marche aisément le lendemain, et se rend au Bureau des Constatations, où les médecins ne trouvent *plus rien d'anormal* à la hanche gauche. — On confond assez facilement certaines périostites très dures avec des ostéomes. (*Annales*, 1905-06, p. 184.)

Mlle Amélie Milville, de Paris, 50 ans, arrive à Lourdes en 1904, dans un état de douleur et de santé déplorables. Elle garde le lit, ne peut marcher. Elle a des syncopes à chaque instant. De plus, un certificat médical porte qu'elle est atteinte *d'une tumeur du fémur droit.*

A la procession du Saint-Sacrement, elle éprouve comme l'effet d'un ressort qui la projette en avant. Elle marche depuis lors, et ne souffre plus; mais, au Bureau médical, on constate que la tumeur existe toujours.

Cette malade revient en 1908. A son cinquième bain de piscine, elle éprouve des fourmillements, suivis d'une vive douleur dans la cuisse droite. Puis, une demi-heure après, eut lieu, par les voies naturelles, l'évacuation d'un liquide jaunâtre, fétide, et très abondant. En même temps, la malade éprouve un très grand soulagement; et, le lendemain, on constate *que la tumeur est entièrement disparue.* — Une conclusion s'impose : la tumeur était de nature inflammatoire, et a disparu par évacuation. (*Annales*, 1906-07, p. 172, et 1907-08, p. 160.)

De même, Mme Pietre, de Neuilly, près Paris, 43 ans, avait *une tumeur du gros intestin*, qui s'accompagnait d'hémorrhagies intestinales. En même temps, elle maigrissait de plus en plus. Tout fait supposer qu'il s'agissait d'un *cancer du gros intestin.* Et cependant, cette tumeur avait disparu, lors de sa première visite à Lourdes. Elle y revient pour la 3e fois, en 1906 : car elle a toujours des crises douloureuses et des hémorrhagies intestinales. — N'y a-t il pas eu, dans ce cas, une cause d'erreur? (amas dur de matière stercorale ayant disparu). (*Annales* 1906-07, p. 172).

Chez Mlle Amélie Grenat, de Nantes, 24 ans, le 5 septembre 1906, après une immersion dans les piscines, il y eut disparition subite d'une *tumeur volumineuse* de la fosse iliaque droite ; — tumeur ou abcès ? (*Annales* 1906-07, p. 209).

Quoiqu'il en soit, dans les quatre cas que nous venons de rapporter, si la tumeur disparue, n'était pas d'une manière certaine, un *néoplasme solide,* du moins, la guérison est subite et constitue une grâce divine.

Dans le dernier cas qui nous reste à mentionner, si quelques points secondaires demeurent obscurs, le fait en lui-même apparaît comme tout à fait extraordinaire.

Une dame Bothias, Victorine, veuve Rauchet, de Marseille, depuis plusieurs années, portait à la racine de la cuisse une *énorme tumeur,* arrivant dans les derniers temps, à dépasser le volume d'un *pain de munition.*

On avait tenté de l'opérer dans son pays; mais, lorsqu'elle fut étendue sur la table d'opération, on y renonça vu les difficultés opératoires et le danger causé par une affection cardiaque· Mme Rauchet était déjà venue à Lourdes, en 1905, sans résultat. Elle souffrait beaucoup, ne pouvait marcher vu le volume et les douleurs occasionnées par la tumeur : elle restait étendue sur le côté gauche.

Je laisse la parole au narrateur, son médecin.

« Nous arrivons à Lourdes le 7 septembre 1906, au matin. Mme Rauchet est plongée dans la piscine sans éprouver aucun résultat appréciable.

Le samedi, jour de la Nativité de la Sainte Vierge, elle retourne aux piscines et y ressent une douleur si violente qu'elle demande à Notre-Dame de la faire mourir, si elle doit continuer à souffrir autant tout le reste de sa vie.

Le soir, *à la procession du Saint-Sacrement,* elle éprouve, de nouveau, un malaise si intense, qu'elle perd connaissance. En revenant à elle, elle a des frissons et est obligée de rentrer se coucher.

Elle s'aperçoit alors *que sa tumeur a disparu ;* que sa jambe et sa hanche sont entièrement libres, et qu'aucune trace du mal n'existe plus.

Elle n'ose pas aller au Bureau des Constatations ; mais en revenant, dans le train, elle fait voir et toucher son articulation devenue pareille à celle du côté opposé, et sur laquelle les vêtements arrondis par l'ancienne tumeur font une espèce de cloche.

Elle s'étend sur le côté gauche, et dort dans cette position.

A son arrivée à Marseille, elle est visitée par les docteurs E. M... et F. P..., qui délivrent des certificats, constatant que la tumeur avait disparu, entièrement, sans laisser de traces ; et, que la malade marche à son aise, et se porte à merveille.

Ce qui laisse place à un peu d'obscurité, c'est que la nature de la tumeur n'est pas précisée (1) : la plupart des confrères, qui l'ont examinée, hésitent entre un *lipome* (tumeur graisseuse) et un *sarcome*. — Lors de la tentative opératoire, on avait fait une ponction, sans obtenir du liquide ; mais, on sait que dans certains abcès froids, les ponctions *à blanc* ne sont pas rares.

Quoiqu'il en soit, le fait de la guérison subite et de la disparition instantanée d'une tumeur volumineuse *est patent ;* on ne saurait l'attribuer au hasard, vu les circonstances, les douleurs, en particulier, qui accompagnèrent sa disparition. — C'est là un bienfait miraculeux de la Sainte Vierge et de Notre Seigneur présent dans les saintes espèces eucharistiques *(Annales de Lourdes,* 1907-08, p. 193).

III

Interprétation des faits.

Traces visibles et modifications physiologiques produites par l'action divine.

J'ai parcouru, pendant ces trois dernières années, le vaste Emporium de Lourdes, où, à certains moments, s'accumulent

(1) Nous avons écrit à nos deux confrères marseillais : mais, nos lettres sont restées sans réponse.

les plus grandes misères humaines, en amas disparates et imprévus, à travers lesquels apparaissent, çà et là, les clartés de la bienfaisance divine.

Il me faut maintenant, pour l'honneur de Dieu et de la Science, ou plutôt pour la gloire du Dieu des Sciences, essayer quelques interprétations.

J'ai été amené à m'occuper des choses de Lourdes par un concours fortuit de circonstances. En l'année 1900, invité à titre de doyen de la Faculté catholique de Médecine, à présider une conférence faite à Roubaix par l'éminent docteur Boissarie, sur les guérisons miraculeuses de Lourdes, je fus pris à partie, assez violemment, par un journal libre-penseur de la presse locale. — Je répondis à cette attaque dans un discours de la rentrée solennelle des Facultés catholiques.

L'effet de cette réponse, toute documentaire, fut assez sensationnel pour que dans tous les milieux médicaux de notre pays, on admit désormais la sincérité et l'importance des observations publiées par la Clinique de Lourdes : le récit des plus remarquables, venait d'être fait dans le beau livre de notre confrère Boissarie : *Les grandes guérisons de Lourdes.*

Plus récemment, nommé membre d'une Commission épiscopale, créée pour étudier les faits miraculeux propres à l'archidiocèse de Cambrai, je crus utile de mettre en relief quelques particularités de la mentalité médicale actuelle, à l'égard de ces faits miraculeux, dans la publication d'un court mémoire intitulé : « *Quelques considérations sur les faits et guérisons miraculeuses de Lourdes* ».

C'est appuyé sur *ces documents,* et *sur l'étude médicale que je viens de faire devant vous,* que je tenterai quelques *interprétations.*

Nous devons d'abord nous demander : si, en dehors du retour à la santé, *il n'existe pas, chez les malades guéris miraculeusement, quelques traces visibles (c'est-à-dire anatomiques ou physiologiques), de l'action divine ?*

La MALADIE n'est pas une chose *mystérieuse*, sur laquelle nous ne puissions avoir quelques conceptions exactes, sinon complètes.

Claude Bernard dit : « Qu'elle est une dérivation des lois physiologiques de l'organisme ». — Or, le grand RÉGULATEUR de ces lois est le SYSTÈME NERVEUX *central et périphérique*, en particulier les nerfs qui président à la nutrition des tissus et des organes (nerfs vaso-moteurs et trophiques).

Cette action du *système nerveux* est surtout prépondérante dans les *maladies chroniques*, celles qu'on voit le plus communément guérir à Lourdes (1).

Ce n'est pas à dire que celui-ci soit directement en cause : mais son fonctionnement est souvent, et d'une manière secondaire, par contre-coup, *profondément atteint*.

La terre et l'eau ne suffisent pas à la vie et à l'accroissement des plantes : il leur faut encore l'action incitatrice du soleil, c'est-à-dire la chaleur et la lumière. Que celui-ci n'apparaisse pas ou reste obscurci, elles languissent.

Le système nerveux joue un rôle semblable dans la vie et le développement de nos organes et de nos tissus : si son fonctionnement est entravé, paralysé par la maladie, les réparations nécessaires ne sont faites que très imparfaitement.

De même, tout le monde connaît l'heureuse action des *influences morales* sur la guérison des maladies : c'est parce qu'elles infusent une nouvelle vigueur à nos centres nerveux, à notre cerveau, que celle-ci *est activée*, et s'établit définitivement.

---

(1) Elle est *bien différente*, dans sa modalité, de celle que l'on observe chez les hystériques, les suggestionnées, etc..., victimes d'un trouble dynamique et psychique tout particulier, quoique mal défini.

La GUÉRISON d'une maladie, en effet, n'*est en réalité que le retour à l'intégrité et à l'harmonie des organes et des fonctions*.

C'est l'organisme lui-même qui est l'agent de cette guérison, qui l'opère, *sous l'action de ses forces vitales et nerveuses*.

Il suffit de parcourir les observations des nombreuses guérisons de la Clinique de Lourdes, pour retrouver la trace de cette *mise en action* des FORCES VITALES et NERVEUSES.

Mais, elle présente trois caractères bien tranchés, *qu'on ne rencontre nulle part ailleurs* : 1º l'action est *intensive*; 2º la guérison est *subite*, ou tout au moins d'une rapidité inexplicable ; 3º les moyens utilisés ordinairement en thérapeutique médicale, ne *produisent pas de tels résultats*, en un si court espace de temps.

Que la guérison s'opère sous l'*action* INTENSIVE *des forces naturelles* (mise en œuvre par la puissance divine), voici les preuves que nous en avons invoquées ailleurs : la cicatrisation des plaies, la réformation des tissus s'effectue par un TRAVAIL DE RÉPARATION, *absolument identique à celui que l'on constate normalement*.

Et nous citions les exemples suivants :

L'autopsie du membre de Rudder, où, au niveau de la soudure des os, on voit un *cal véritable*, et non un os comparable à celui du côté opposé.

Dans un Mal de Pott, on voit une *jetée osseuse nouvelle*, qui vient soutenir les vertèbres effondrées.

Chez Joachine Dehaut, c'est un *tissu de cicatrice*, et non une *peau véritable*, qui ferme le vaste ulcère (1).

---

(1) Il est évident, que, dans certaines caries vertébrales, *où la lésion osseuse est peu étendue*, la réparation peut se faire par un simple *tissu fibreux, cicatriciel*. Alors la récupération des mouvements, la souplesse, est plus grande.

Dans les *plaies suppurantes*, les *caries*, les *fistules*, on constate après la guérison dans les piscines, une *cicatrice fibreuse*, déprimée, adhérente.

Les *lupus ulcérés* sont aussi guéris par un tissu cicatriciel, qui reste un certain temps, rouge et luisant, rugueux, saillant, mais qui bientôt prend un meilleur aspect, et s'efface complètement.

Dans les *maladies* INTERNES, c'est aussi par un *travail de résorption et de réparation*, que s'opère la guérison.

Dans les nombreux cas de *phtisie pulmonaire*, dont nous avons rapporté les miraculeuses guérisons, les produits pathologiques se résorbent, et les cavernes se cicatrisent, en un court espace de temps, sous l'influence de l'action physiologique et vitale, *miraculeusement intensifiée*. — Les *bacilles*, eux-mêmes, sont détruits ; parce que le courant sanguin, étant devenu plus actif et pourvu d'un sang plus généreux, celui-ci devient *bactéricide*. (1)

Il en est de même dans les autres manifestations de la *tuberculose osseuse* ou *viscérale (Mal de Pott)*, *tumeurs blanches*, *coxalgies*, etc., dont nous avons cité de nombreux exemples.

En général, *dans toutes les maladies chroniques*, ce sont *les produits pathologiques qui disparaissent avec une rapidité inattendue*, et permettent un prompt retour à la vie normale.

On peut donc croire que la FORCE, qui produit les guérisons de Lourdes, met en œuvre avec *une intensité et une soudaineté merveilleuse*, L'ACTION CURATRICE des centres nerveux, des nerfs et des tissus.

---

(1) C'est là un fait établi par l'expérimentation.

Ces considérations sur *les modes de l'action divine* dans les guérisons observées à Lourdes, nous les avions déduites de l'examen de tous les cas indistinctement. Or, c'est souvent *après des* immersions *dans les piscines* que sont survenus ces faits miraculeux. — Il y a, en ce dernier cas, un *agent physique interposé*, bien qu'impuissant à produire de tels résultats.

Dans les guérisons qui surviennent à *la* procession du Saint-Sacrement, par l'action de la divine Eucharistie, et qui sont spécialement l'objet de ce rapport, *peut-on constater les mêmes modifications physiologiques ?*

Il nous semble bien difficile de ne pas admettre l'action impulsive et prédominante du système nerveux, quand, dès le début, on voit les malades accuser des sensations de douleur, d'angoisse, de défaillance, de froid intense, ou être agités d'un frisson, d'un tremblement, et parfois tomber en évanouissement, en syncope, avoir l'appréhension de la mort, pâlir jusqu'à présenter l'aspect cadavérique, etc.

Du côté du membre malade ou de la partie atteinte quelqu'en soit le siège, les miraculés éprouvent des déchirements, des irradiations douloureuses, des craquements « comme s'ils étaient électrisés » disent quelques-uns.

Puis, tout d'un coup, survient une *sensation de calme,* d'apaisement, de bien-être (euphorie), etc. Le malade a la conviction qu'il s'est passé *quelque chose d'extraordinaire en lui, et la persuasion qu'il est guéri.* Il le proclame même.

Beaucoup éprouvent une sorte d'impulsion, se sentent soulevés par quelque *force intérieure.* Ils ont le désir impérieux de se lever, de marcher (car la contracture ou la paralysie des muscles ont cessé)... — et *de fait,* ils se lèvent, marchent, quoiqu'encore très pâles et faibles.

On dirait « des *squelettes vivants*, des *morts sortis de leurs linceuls...* »

Ils se mettent à genoux, émus de reconnaissance, en larmes, derrière le Saint-Sacrement; et parfois, ils suivent celui-ci jusqu'à la Basilique.

On les aurait cru incapables d'un pareil effort !

S'il s'agit de PHTISIQUES : la toux, l'expectoration, l'oppression cessent comme par enchantement; et, les pauvres malades respirent avec une aise, une ampleur, qu'ils ne connaissent plus depuis longtemps.

D'ailleurs, TOUTES LES FONCTIONS REPRENNENT EN MÊME TEMPS : l'appétit renaît ; la circulation devient plus active, plus forte ; la respiration se fait plus large... et les *forces se restaurent avec une surprenante rapidité.*

C'est une VIE NOUVELLE qui commence... et la marche vers la guérison sera continue, progressive, *ne se démentira plus.*

De ce que nous admettons, que *l'action curatrice* sur l'organisme, s'exerce par l'INTERMÉDIAIRE *des centres nerveux*, le CARACTÈRE MIRACULEUX *des guérisons n'en est pas amoindri :* car, nous ne connaissons aucun *agent naturel* capable d'engendrer de tels résultats.

Dans les circonstances où surviennent toutes les guérisons que nous avons étudiées dans ce mémoire : « *Procession du Saint-Sacrement sur l'esplanade de Notre-Dame de Lourdes* », il n'y a que les facteurs suivants : 1º le Saint-Sacrement ; 2º l'officiant, qui le porte ; 3º le malade; 4º la foule, qui l'entoure et pousse des acclamations, des supplications.

On a invoqué comme agents de guérison : la *suggestion, l'entraînement des foules, la foi qui guérit, l'exaltation croissante,* etc...

La *suggestion* n'existe pas à Lourdes.

Deux fois seulement, dans un grand désir d'obtenir une guérison pour une personne connue, nous avons vu que l'officiant s'était retourné spécialement avec l'ostensoir, vers la malade : c'est là un fait tout à fait exceptionnel.

La *suggestion*, au dire de tous les médecins, quelle que soit leur religion, *est incapable de produire la guérison des* MALADIES ORGANIQUES : et, ce sont celles qui guérissent à Lourdes, et dont nous avons parlé.

Dans une seule circonstance, signalée d'ailleurs par le Dr Boissarie, il y eut une sorte d'essai de *suggestion en commun*. Le R. P. Picard, un jour, s'adressant à la foule des malades occupant l'Esplanade, étendus sur leurs brancards ou appuyés sur leurs béquilles, leur crie, en leur montrant les *miraculés*, déjà guéris par la Sainte Vierge et disposés en groupes sur les marches de l'église du Rosaire : « Voilà vos modèles !... Qui vous arrête ?... Levez-vous, et marchez. » Or, cette invitation impérative, qui devait être irrésistible, *demeura sans effet*.

L'excitation, l'entraînement, l'exaltation existent chez la plupart : mais combien peu guérissent !

Est-ce à dire que, chez ceux *qui sont l'objet des faveurs célestes*, il n'existe, parfois, *aucun ébranlement, aucune* ÉMOTION ?

Nous serions mal inspirés de le nier, après tout ce que nous avons dit des *processus nerveux*, des *phénomènes réactionnels*, qu'on observe chez eux (1).

Mais cette *émotion*, ce frémissement nerveux, cet ébranlement de tout l'être, qu'est-ce autre chose, en l'espèce, que

---

(1) Chez certains malades, les enfants en particulier, il n'y a aucun signe d'*émotion consciente*, mais un simple choc ou ébranlement nerveux, subitement éprouvé. — D'aucuns, enfin, sont guéris sans avoir rien éprouvé de nettement précis.

la *commotion*, le *choc*, *éprouvés dans leurs âmes et leur organisme, par l'action et la pénétration des forces divines ?*

Et celles-ci, n'ont-elles point leur centre, *leur foyer*, dans le Saint-Sacrement ?

C'est le Foyer Eucharistique qui ranime, qui rallume la VIE presqu'éteinte dans leurs corps émaciés et souffrants, et qui, par une sorte d'incandescence, d'action radiante toute mystérieuse, brûle et entraîne toutes les scories de la maladie, tous les produits pathologiques... et, en même temps, *rétablit l'harmonie et la hiérarchie des fonctions vitales et physiologiques,* nécessaires à la santé, comme nous avons pris soin de l'établir au début de ces considérations.

Mais, osons pénétrer plus avant dans *l'intimité des phénomènes* célestes et terrestres, divins et humains.

Le *pain* et le *vin* sont des matériaux de la *vie* NATURELLE ; les forces physico-chimiques qu'ils contiennent, par des transformations catalytiques, que la science est impuissante à suivre jusqu'aux dernières limites, *s'immiscent* aux forces propres de nos tissus et de nos organes, et entrent, en définitive, dans le grand *tourbillon de la vie,* qu'elles contribuent à entretenir, et dont elles accroissent l'activité et la puissance.

LE PAIN EUCHARISTIQUE, après la consécration, n'est plus qu'un *voile,* une *apparence,* pour nos sens trop faibles.

Par transmutation, ou plutôt par *transsubstantiation,* il est devenu le CORPS et le SANG de Notre Seigneur Jésus-Christ.

Bien plus, c'est NOTRE SEIGNEUR JÉSUS-CHRIST lui-même, tout entier, avec son âme et sa divinité..., c'est-à-dire *réellement* VIVANT *sous les Saintes Espèces.*

Lorsque nous l'absorbons par la *Communion*, c'est LUI qui vit en nous, et nous vivons en LUI.

C'est véritablement un PAIN DE VIE, dont le *pain terrestre* n'est qu'une insuffisante image.

Lorsqu'il réside dans *l'ostensoir*, porté au milieu des foules, comment ne pas admettre que les *influences* de sa DIVINITÉ toute puissante, bien qu'invisibles, n'atteignent les *miraculés* et leur infusent une VIE NOUVELLE, origine et cause des *transformations vitales et nerveuses*, qui produisent la *guérison*.

Ainsi, à Lourdes, se trouvent vérifiées, *d'une manière éclatante*, ces paroles du BON et DIVIN MAITRE :

« *Je suis venu pour qu'ils aient la* VIE ; *qu'ils l'aient surabondamment.*

» *Le pain de Dieu est celui qui descend du Ciel, et donne la* VIE *au monde.* »

IMP. H. MOREL, LILLE, 77, RUE NATIONALE.

www.ingramcontent.com/pod-product-compliance
Lightning Source LLC
Chambersburg PA
CBHW071733180626
46818CB00003BA/1376